Renée Robitaille

Christine Battuz

Onze mares

SCHOLASTIC

Catalogage avant publication de Bibliothèque et Archives Canada

Titre: Onze mares / Renée Robitaille; illustrations de Christine Battuz.
Autres titres: 11 mares
Noms: Robitaille, Renée, auteur. | Battuz, Christine, illustrateur.
Identifiants: Canadiana 20220481784 | ISBN 9781443199070 (couverture rigide)
Classification: LCC PS8585.O3565 O59 2023 | CDD jC843/.6—dc23

Édition publiée par les Éditions Scholastic, 604, rue King Ouest,
Toronto (Ontario) M5V 1E1, Canada.

5 4 3 2 1   Imprimé au Canada   114   23 24 25 26 27

MIXTE
Papier issu de
sources responsables
FSC
www.fsc.org   FSC® C016245

Colette est une chouette plutôt distraite.
En cette chaude matinée d'été, elle cherche
encore ses lunettes et s'inquiète :
— Maman rainette, murmure Colette,
avez-vous vu mes lunettes?

En guise de réponse, la mère grenouille bondit hors de l'eau et lance une rimette à tue-tête :
— *Kiki quête et Coco caquette!*
Colette hausse les sourcils. Visiblement, cette grenouille n'a rien compris! Tant pis. Elle s'éloigne pour aller chercher de l'aide près d'un autre cours d'eau.

À la mare aux canards, Colette s'installe sur un saule frémissant au vent.

— Grand-mère cane, avez-vous vu mes lunettes?

Aussitôt, la cane sort son cornet pour y cancaner en anglais :

— *Can you can a can as a canner can can a can?*

Colette fait la grimace. Assurément, cette cane n'a rien compris! Tant pis. Pirouettant dans les airs, la chouette reprend son envol vers un nouveau plan d'eau.

À la mare aux crapauds, Colette retrouve un vieil ami qui semble entièrement disposé à l'aider.

— Père crapaud, avez-vous vu mes lunettes?
Ouvrant sa grande gueule, le batracien débite aussitôt de drôles de mots :
— *Cinq gros rats grillent dans la grosse graisse grasse!*

Colette se gratte la tête. Décidément, ce crapaud n'a rien compris! Tant pis. La chouette s'enfuit sans comprendre le jeu de cet animal étourdi.

À la mare aux castors, Colette déniche enfin un complice pour l'accompagner dans ses recherches.

— Tonton castor, avez-vous vu mes lunettes?

En guise de réponse, Tonton castor frappe
l'eau avec sa queue et articule du mieux qu'il peut :
— *Tas de riz, tas de rats, tas de riz tentants,
tas de riz tentés!*

La tête de Colette fait trois tours sur elle-même.
Forcément, ce castor n'a rien compris! Tant pis.
Mais pourquoi tous les animaux sont-ils complètement
dingos, aujourd'hui?

Impatiente, Colette fonce vers la mare aux moustiques. Les insectes, c'est bien connu, ont une excellente vue! Ils pourront l'aider à retrouver ce qu'elle a perdu.

— Moustiquette, avez-vous vu mes lunettes?

Sans crier gare, la femelle maringouin torpille l'oreille de Colette en lui braillant un opéra dans le tympan :
— *Zaza zézaie, Zizi zozote, Zaza zézaie, Zizi zozote!*

Colette rit si fort qu'elle avale un bourdon velu. Sa tête gigotte comme une vieille tondeuse à gazon et soudain… elle décolle! **_VLOUUUU!_**

Colette atterrit... sous les tropiques!
Il fait si chaud, ici!

La chouette plonge dans la mare aux colibris pour se rafraîchir les esprits.
— Mémé colibri, avez-vous vu mes lunettes?

Aussitôt, la grand-mère colibri lui répond sur un drôle de ton :
— *Pepe Peña pela papa, pica piña, pita un pito, pica piña, pela papa, Pepe Peña.*

Colette secoue ses plumes. Manifestement, ce colibri n'a rien compris! Tant pis. La chouette décolle sans bruit pour s'enquérir de ses lunettes auprès d'autres amis.

À la mare aux palmiers, la chouette découvre un serpent à sonnettes en train de s'abreuver.
— Caporal sornettes, avez-vous vu mes lunettes?

Sans sourciller, le reptile sort sa langue avec précaution et siffle un exercice de diction :
— *Combien sont ces six saucissons-ci?*

— Sauve-qui-peut, aboie Colette en voletant. Franchement, ce serpent n'a rien compris! Tant pis. Elle se précipite vers un étang plus rassurant.

Au cœur d'une mare-miroir, la chouette
se pose sur un rocher qui, soudain, se met à bouger.
En moins de deux, Colette se retrouve coincée
dans la mâchoire d'un alligator ensommeillé.

— Pépère gator, avez-vous vu mes lunettes?

Surpris, l'alligator réfléchit. Mais son gosier
affamé s'exprime en premier :

— *Didon dîna, dit-on, du dos dodu de dix dodus dindons.*

Paniquée, la chouette chatouille la luette de pépère gator.
L'animal éternue si fort que Colette est propulsée
dans l'atmosphère!

Au loin, les autres alligators fredonnent comme
des croquemorts :

— *Didon dîna, dit-on, du dos dodu de dix dodus dindons.*

Sans contredit, ces reptiles n'ont rien compris! Quelle folie!

Catapultée par l'alligator enrhumé, Colette atterrit en plein cœur du pôle Nord, près de la mare aux icebergs. Frissonnant sous sa parka, elle observe les manchots empereurs qui affrontent le souffle polaire.

— Messieurs empereurs, avez-vous vu mes lunettes?

Aussitôt, un manchot lourdeau lui répond par cette interrogation :

— *Ton thé t'a-t-il ôté ta toux?*

Découragée, Colette pleure comme une fontaine.
Ses larmes se mettent à geler, et elle se transforme
en chouette givrée. Pour l'aider, un harfang des neiges
la soulève dans les airs et l'emmène vers le Sud.

Colette atterrit dans la mare aux tortues. Toutes ses aventures l'ont tant étourdie...
— Pépère tortue, avez-vous vu mes lunettes?

Sortant la tête, VOUPPP! le grand-père
rouspète avec cette entourloupette :

— *Pépé paie peu, mémé m'émeut.*
— Vous aussi... soupire Colette.

Colette s'écroule dans l'herbe, désespérée.
Évidemment, cette tortue n'a rien compris! La chouette
ferme les yeux pour méditer un peu. Mais une mouche
à feu agitée l'empêche de se concentrer.

Colette suit la petite luciole scintillante jusqu'à sa mare. Posée sur une souche, la chouette tend l'oreille vers le doux chuchotement des mouches à feu :
— *Natacha n'attacha pas son chat Pacha,* fredonnent en chœur les lucioles.

Aussitôt, Colette s'emballe :
— Fées lucioles, avez-vous vu mes lunettes?

Et pour la première fois de la journée, quelqu'un répond à sa question :

— Mais, Colette, tes lunettes sont sur ta tête!

— Hein???

Un coup d'ailes et **_HOP!_** ses lunettes atterrissent sur son bec. Enfin, elle voit clair.

Elle aperçoit la banderole qui flotte au-dessus des fées lucioles.

FÊTE DES VIRELANGUES

— Quooooi??? s'étonne Colette, ajustant ses
lunettes. Des virelangues... Décidément, c'est moi
qui n'avais rien compris!

— Oh! Père Caribou, avez-vous vu ma trompette?